AF598869

Le passeur du Paradis

Henri Philibert

Le passeur du Paradis

Roman

LE LYS BLEU
ÉDITIONS

ISBN : 979-10-422-1571-2

À mon frère,
à mon beau-père,
que le passeur emporta bien avant l'heure.

Qui connaît le Paradis ?

Il est des lieux dont on parle beaucoup et dont bien peu de gens peuvent vraiment parler, faute de les connaître. Le Paradis est de ceux-là.

Oh ! je ne parle pas du paradis promis aux croyants, complaisamment décrit dans de pieuses images. Tout le monde peut rêver s'y promener vêtu de lin blanc, chevelure au vent, cocktail exotique (toujours plein) en main, environné de créatures éthérées…

Non, je parle du Paradis qui est en bord de Loire, le beau fleuve qui respire avec les marées, héberge des goélands sur fond de rive basse, ouvre sur de mystérieux marais à roselières bavardes. Un passeur fidèle veille à mener à bon port ceux qui traversent, à pied, à vélo, en voiture. Charon les assiste, et pas vers les enfers.

Ce Paradis cache derrière sa façade de lumière de secrètes histoires, aux discrets héros, revenus d'aventures sans fin et de pays sans frontières connues. Ils peuvent en quelques mots vous enchanter – comme Merlin sait le faire –, et vous garder sous le charme, quelques chopines aidant.

C'est cet univers un peu caché derrière la réalité que sait ouvrir l'auteur de ce livre. Il l'a fréquenté, et connu de l'intérieur. Il en parle la langue. Il en a les clés. Il en sait l'envoûtante poésie.

Suivez-le. Sans crainte ? Si vous n'en revenez pas, tant mieux pour vous…

H. COPIN
De l'Académie littéraire de Bretagne
et des Pays de la Loire

Il existe, sur les rives de la Loire, aux abords de l'estuaire, une route, la seule sans doute, qui ait le privilège de conduire vers le Paradis. Le long des derniers hectomètres du chemin, les maisons de Port-Launay adossées à leur rocher saluent, toute la journée, un flot saccadé de voyageurs venus, tantôt du Nord, tantôt du Sud. Sitôt passé ce hameau paisible, la chaussée suit une dernière courbe, avant d'enjamber les prés inondables des bords de Loire. Sur la gauche, les reliques des prestigieuses usines automobiles Venturi, émigrées désormais au pied du rocher monégasque, précèdent un ancien chantier naval où repose un quatorze-mètres en perpétuel carénage. À droite du « goudron » s'étendent des hectares de roselières dont les rudes chevelures ondulent, à perte de vue, vers l'ouest où se dressent les hautes cheminées de la centrale thermique. Là-bas, caché derrière ses quatre tours bardées de rouge et de blanc, le petit village de Cordemais, blotti au bord du fleuve, s'enorgueillit aujourd'hui d'héberger des ventres cubiques qui vomissent inlassablement une fumée témoin de la production assidue d'une énergie devenue indispensable. Droit devant, la route s'interrompt brusquement devant le cours élargi du fleuve. Ici, pour gagner le Sud, il faut attendre l'accostage du bac qui, toutes les vingt minutes, libère une rafale d'une trentaine de voitures, pour repartir, en face, vers Le Pellerin, chargé d'une nouvelle cargaison.

Du matin au soir, le « Saint-Hermeland », en vieux passeur besogneux, dévore consciencieusement ses trois cents mètres de Loire entre le Pellerin et le Paradis …

Si Le Pellerin est une fière commune ligérienne, le Paradis n'est qu'une station avant l'autre berge, une sorte de salle d'attente ou de purgatoire précédant le passage autorisé vers le grand Sud. À cet endroit, comme à Nantes, la Loire est une frontière entre l'ardoise et la tuile méridionale, entre les sombres toitures pointues et les toits roses, tapis au ras du sol, comme pour mieux s'y accrocher devant les coups de bélier du vent de la mer. Le Paradis n'est en fait qu'un couple de cales d'embarquement, l'une en amont, l'autre en aval, pour mieux répondre aux caprices des marées qui savent, ici encore, inverser le courant du fleuve. Sur cette esplanade vide se dresse une petite aubette pour piéton de passage, dont les murs s'obligent à recevoir des messages indécents, des rendez-vous obscènes gravés à la sauvette par des écrivains anonymes en manque de publication.

Mais le Paradis, c'est aussi un bistrot, avec terrasse sur Loire : une grande baie vitrée pour reposer les regards devant le spectacle paisible du fleuve, quelques chaises de plastique blanc, rescapées de salons de jardin dépareillés, et un bar de sapin verni figurant une longue frontière entre le client et la zone interdite où s'active Rosa…

Car le Paradis est avant tout un royaume, Rosa en est la reine. Sa cour assidue, composée d'une petite dizaine d'habitués, se réunit, le soir, dès que le Saint-Hermeland a regagné son mouillage nocturne. Et, chaque soir, Rosa promène sa silhouette ondulante entre les tables des joueurs de cartes, des nostalgiques solitaires, des marins de comptoir ou des constructeurs de meilleurs mondes à venir.

Tout est prétexte à des dissertations intarissables. Un chalutier de pêcheur de civelles qui remonte la Loire un peu trop tôt suffit à raviver une querelle de clocher. Un cargo qui défile derrière les vitres alimente des discussions enflammées sur le prix du bois exotique, le scandale de l'import-export ou la vie de château des trop-payés de la marine de commerce. Car, ici, la Loire est un boulevard qui glisse vers Zanzibar, et les esprits échauffés suivent longtemps son cours, avant que disparaissent, dans la courbe de Cordemais, les derniers feux des monstres d'acier.

C'est au Paradis que Simon a déposé, un soir de juillet, son vieux sac de marin.

Tous les regards se sont portés sur le nouvel arrivant. Des sourcils inquisiteurs, pour un long questionnement silencieux :

— Qui c'est ? Qu'est-ce qu'y veut ? À c't'heure-ci ?

Mais interroger l'intrus reviendrait à nouer un contact, à lui accorder quelque intérêt fautif. Ici, pas question de questionner. Les habitués du Paradis ne demandent pas : ils éprouvent, ils évaluent, ils flairent subrepticement… Et surtout, ils commandent :

— Rosa, amène-nous sa petite sœur !

Lui, c'est Biscotte, un joueur de belote au teint coloré par le rosé de Loire. Ancien pâtissier de la Biscuiterie Nantaise, la B. N., fine moustache noire, front dégarni.

Des cordes vocales, culottées à la gauloise bleue, qui laissent vibrer sa poitrine comme une caisse de contrebasse.

La « petite sœur », c'est la chopine qui va remplacer celle qu'ils viennent de vider. Chopine ou « fillette », selon l'humeur ou le besoin de grivoiserie :

— On baiserait bien une fillette à deux...

En face de Biscotte, La Chignole tente de ranger ses cartes. Il tremble à la fréquence d'une perceuse à percussion, d'où son nom : Black et Decker, pour les uns, La Chignole, pour les autres. Au moment de frapper un as sur le tapis, se rappelant soudain qu'il a encore oublié de compter les atouts, il grogne en fermant un œil :

— Tiens, si ça saigne, on mettra une guenille !

Et ça saigne, en effet. Tête d'Horloge ramasse le dernier pli et conseille :

— Comptez vos brêmes. Je crois bien que vous êtes dedans.

Le quatrième, c'est Beauté... Toujours bien coiffé, à grand renfort de gomina. Il compte les points, sans oublier de lisser une mèche qui dérange sa vue.

Un peu plus loin, c'est l'amiral. Casquette bleu marine, pipe sculptée dont le fourneau rafistolé à la « guidoline » de vélo représentait jadis un gaulois moustachu. Mains calleuses aux ongles perpétuellement en deuil. L'amiral qui n'a jamais dépassé les feux de Cordemais évoque constamment l'heureux temps de la marine au long cours, les mousmés de Nagasaki et les jolies congaïes qu'il a seulement découvertes dans des récits de voyage.

Ce soir, dans l'ombre du ficus benjamina, il y a aussi Bec d'Alose. Comme toujours, il a commandé :

— Rosa, une chopine de rosé… et deux verres.

Sans oublier de préciser :

— Il va pas tarder.

Et, comme chaque soir, il finira, seul, sa chopine en maugréant :

— Bof, il viendra plus maintenant.

Simon s'est assis près du comptoir de sapin. Un instinct millénaire l'oblige à tourner légèrement les genoux vers la salle, afin de mieux voir la porte d'entrée. Un loup de mer n'est jamais trop prudent. Il distribue à la cantonade un chaleureux *m'sieurs dames, bonsoir…* suivi immédiatement d'*un café, s'il vous plaît… un grand…* en direction des yeux noirs de Rosa qui n'ont pourtant rien demandé.

Tête d'Horloge toussote :

— Un café ! À c't'heure ! Pourquoi pas un pain beurre ?

Mais Simon ne veut pas l'entendre. Il extirpe son portefeuille de la poche intérieure de sa vareuse, en sort un imprimé qu'il consulte rapidement. Au moment où Rosa dépose la tasse fumante sur la table, il lui touche délicatement le bras :

— Pardon, mademoiselle, le Saint-Hermeland, il est amarré où ?

— En face, au Pellerin. Mais à cette heure, il ne passe plus. Il arrête tous les soirs à 10 heures et demie.

— Vingt-deux heures trente, s'il vous plaît ! rectifie l'amiral. La marine, c'est comme la SNCF : l'heure, c'est l'heure !

— Et il faudra attendre six heures, demain matin, pour le voir accoster ici, ajoute Tête d'Horloge.

— Ça m'étonnerait que j'attende, répond Simon, dans un sourire, c'est moi le pilote.

La partie de cartes s'arrête.

— Ah, ben, merde, s'étonne Biscotte, c'est toi qui remplaces Bernard ?

— Oui, c'est moi, et je commence demain. Comment on fait pour traverser ?

— Si t'es pas pressé, je t'emmène sur mon « Clémenceau », propose l'amiral. Je rentre au bercail tout à l'heure.

— Merci, c'est gentil, fait Simon, en continuant d'agiter sa cuillère dans la tasse.

Bec d'Alose plaisante :

— Et pas n'importe quel Clémenceau, s'il vous plaît. Quatre-mètres soixante-quinze, pas un gramme d'amiante. De l'écolo, mon vieux !

— D'accord pour une virée sur le Clémenceau, dit Simon.

Et il ajoute, par courtoisie :

— … Vous prendrez bien quelque chose…

— Bon, ben, en vitesse, dit l'amiral. Rosa, une chopine… et deux verres.

Dans le bistrot du Paradis règne une tiédeur de cuisine de grand-mère. Par-dessus l'épaule de l'amiral, Simon regarde couler la Loire. À cet endroit, elle a plus l'allure d'un lac de quelque trois cents mètres de large que d'un « fleuve sauvage », qualificatif d'office de tourisme. En fin de marée montante, le courant se calme avant de s'inverser, laissant aux lumières du Pellerin un bref quart d'heure pour trembloter dans un miroir paisible. Simon ne peut s'empêcher de dire son plaisir :

— C'est vrai qu'elle est belle !

— Qui ça ? s'étonne l'amiral… Rosa ? T'en fais pas, c'est pas du mouron pour ton serin…

— Non, je parlais de la Loire, rectifie Simon, tout en vérifiant discrètement le bon goût de son interlocuteur.

L'amiral observe l'étranger à travers ses sourcils de chiendent gris, et marmonne, presque pour lui-même :

— Il a pas eu de pot, le sacré Bernard…

— Je n'sais pas, on ne m'a rien dit, répond l'autre.

— Le cancer ! poursuit le vieux, le petit crabe qui te bouffe un peu plus chaque jour. T'es solide comme un roc, des muscles plein la chemise, et puis… pfuit ! t'es plus rien. Saloperie de maladie…

— Il fumait ? bredouille Simon, légèrement désemparé…

— Oui, et alors ? ironise l'amiral, en tassant sa pipe du bout du pouce. Le tabac, c'est une plante… rien de plus naturel, c'est plein de soleil ! Que des vitamines ! Du bio, comme ils disent ! Lui, c'est le gas-oil qui l'a baisé. C'est pas pareil ! Dame, à respirer les fumées du Saint-Hermeland toute la sainte journée, là-haut sur son perchoir… ça devait arriver. Maintenant, il navigue entre Basse-Indre et Cordemais. Tiens ! Il passe peut-être devant nous, là, maintenant.

Simon, par réflexe, suit le regard de l'amiral qui se perd dans la Loire, et demande bêtement :

— Pourquoi là, maintenant ?

— Ils ont balancé ses cendres par-dessus bord, alors, il n'a plus qu'à suivre la marée, c'est comme ça… Bon, je remets ma chopine.

— Non, merci, tranche Simon. Pour ce soir, ça va suffire.

— Alors, y a qu'à y aller ! Salut, la compagnie, fait l'amiral en remettant sa chaise en place… Euh, Rosa, il reste quelque chose à payer ?

— Non, non, tout est parfait, dit la brune, bonsoir…

— Faites gaffe à la houle, ça va remuer ! ironise Tête d'Horloge.

Le « pêche-promenade » de l'amiral est amarré à la rambarde d'accès à la cale du bac. Le vieux embarque le premier, et, sans s'occuper de son passager, lance les cinquante chevaux du moteur.

— Accroche-toi, moussaillon, c'est parti !

Tête d'Horloge ne s'est pas trompé, la houle n'est guère plus qu'un clapot qui frémit au contact de l'étrave. Au loin, sur bâbord, Simon devine la silhouette de Couëron dominée par l'antique Tour à Plomb, vestige d'une prospérité oubliée. Une petite minute plus tard, ils accostent le long du bord du Saint-Hermeland. Simon devine, tout là-haut, le poste de pilotage où il lui faudra passer désormais ses journées, en résistant aux attaques du « petit crabe ». Il se hisse sur le tablier du bâtiment et prend congé de l'amiral.

— Si tu ne sais pas où dormir, fait celui-ci, tu peux trouver une piaule au Café de la Loire, c'est encore ouvert…

— Merci, répond Simon, on va s'arranger. Allez, *kénavo* !

Le poste de pilotage est atteint après le franchissement de deux passerelles de bois d'une quinzaine de marches chacune. Simon extrait de sa poche la clé de laiton que la compagnie lui a confiée, et ouvre la porte du carré. Par réflexe, il s'installe à la barre, et lance un coup d'œil circulaire sur la Loire qui sera désormais son unique traversée au long cours.

Il prend une longue inspiration pour retrouver les parfums de passerelles : odeur de peinture chaude, relents de gas-oil mêlés à des restes de tabac froid. L'endroit est austère, mais accueillant. Devant lui, scintillent encore les lumières du Paradis, il revoit les quatre joueurs de belote coincés entre leurs cent soixante-deux points à ne pas perdre et un reste de vie à ne pas trop vite gaspiller. Il imagine aussi Rosa, *un mouron* vraisemblablement destiné à un serin du secteur. Un sacré veinard, susceptible de bénéficier du cinémascope d'un décolleté dont les habitués ne peuvent contempler que de brefs extraits. Une belle plante, comme disent les hommes, entre eux pour dissimuler des pensées plus secrètes.

Simon avise, au fond du carré, une sorte de bannette, mi-fauteuil, mi-divan. C'est là qu'il finira sa nuit, avant de se fixer sur autre chose. Comme tout bâtiment au mouillage, le Saint-Hermeland fait gémir ses amarres, au gré du courant de la Loire qui vient de s'inverser. En pilote expérimenté, il mémorise ces plaintes afin de ne pas les confondre avec tout autre bruit impromptu. Il sera capable désormais, comme il l'a toujours fait, de détecter tout accostage illicite et même toute variation dans la direction du flux et du vent. Il l'a appris au fil des mille et un milles parcourus entre Le Havre et Pointe-Noire, sur son vieux grumier arthritique.

Enfin acclimaté à la pénombre, aux effluves de cabine et aux bruits de mouillage, Simon sort une couverture de son sac de matelot, avant de s'allonger sur sa bannette, en chien de fusil, les yeux tournés vers la porte d'entrée, comme toujours…

Les premières lueurs du jour, qui pénètrent par le hublot de la cabine, laissent flotter dans la pièce une sorte de halo qui frémit sous le bercement de la houle. Simon jette un coup d'œil furtif sur sa montre : cinq heures trente. Par le hublot, il constate que le Café de la Loire n'a pas encore levé son store. Le petit déjeuner attendra la pause de neuf heures.

Des pas font vibrer les marches de la passerelle d'accès au carré. On frappe à la porte. Simon ouvre.

— Salut, c'est moi, Jacky, le mécano.

— Salut, moi, c'est Simon. On va pouvoir mettre en chauffe.

Quelques instants plus tard, le Saint-Hermeland vibre de toutes ses tôles. Une fumée noire envahit le poste de pilotage. Alors Simon ferme brutalement la porte.

— Le petit crabe peut encore attendre dehors, pense-t-il, en préparant l'appareillage.

Le bac s'écarte légèrement du ponton et glisse vers l'aval, emporté par le courant. Une cinquantaine de mètres plus bas, Simon redonne de la puissance aux propulseurs et le bac pose son tablier sur la cale d'accès des véhicules. La barrière rouge et blanc du pont-levis s'ouvre, et les premières voitures embarquent. Du haut de son perchoir, Simon évalue le nombre des postulants au voyage. La file d'attente qui serpente sur le quai, pour disparaître dans la rue principale du bourg, laisse présager une migration importante. Jusqu'à neuf heures, il faudra assurer une navette ininterrompue entre Le Pellerin et le Paradis, afin de permettre aux travailleurs matinaux de se rendre sur Nantes et ses alentours.

Six heures. Simon déclenche la fermeture de la barrière de sécurité, lève le tablier d'accès et pousse les propulseurs pour se dégager de la cale.

— Cap sur Pointe-Noire, lance-t-il pour lui-même.

Le soleil joue déjà à cache-cache derrière la tour à plomb, et les premiers rayons lèvent le voile d'une belle journée d'été.

— C'est pas aussi large que l'Atlantique, se dit le pilote, mais ça fait quand même trois cents mètres, non ?

Parvenu au milieu de la Loire, le bac doit donner toute sa puissance pour lutter contre le flot de la marée descendante. À cet endroit, Simon pose le Saint-Hermeland dans une trajectoire oblique, afin de le laisser doucement dériver vers le Paradis.

— Premier accostage, pense-t-il. Surtout ne pas louper la cale. Pas la première fois. Ils se foutraient de ma gueule…

Dernières brasses. Le cul du bâtiment touche enfin les pavés de l'embarcadère. Le tablier s'abaisse et la barrière libère ses vingt-cinq voitures. Simon ouvre alors la porte de son poste de pilotage pour observer la manœuvre. L'apercevant sur la passerelle, Jacky lance, goguenard :

— Bien joué, patron. La première fois, Bernard nous avait emmenés goûter la vase du bord. Ça change !

— Attends un peu, j't'ai pas tout fait voir, ironise le pilote.

Puis il roule consciencieusement une cigarette, en observant la montée des nouveaux voyageurs.

Après une dizaine d'allers-retours sans histoire, Simon constate avec plaisir que le bistrot du Paradis a enfin levé son rideau. Au moment de l'accostage, il appelle son mécano :

— Jacky, viens un peu par là !

Serré dans un bleu de travail qui laisse entrevoir une musculature imposante, l'homme, un gaillard d'un bon mètre quatre-vingts, à la longue chevelure blonde, pose le pied sur la première marche d'accès à la passerelle. Simon lui épargne une montée inutile :

— Je vais me prendre un caoua en vitesse. Je te rapporte quelque chose ?

— Pas la peine, répond l'autre. J'ai mon casse-dalle dans la musette.

— Comme tu voudras, dit Simon, en descendant prestement l'échelle.

Deux minutes plus tard, il pousse la porte du bistrot. Rosa qui achève de remettre les chaises en place se tourne vers lui :

— Alors, comment ça se passe ? demande-t-elle.

Simon contemple rapidement son interlocutrice avant de répondre. Elle n'a pas encore revêtu le tablier de service, et sa jupe serrée laisse apercevoir une croupe avantageuse dont les deux hémisphères tressautent à chacun des gestes imposés par l'installation du mobilier.

Un flux de désir monte à la tête du pilote, après un bref passage par le bas ventre :

— Le temps est clair. Pour une première journée, il ne devrait pas y avoir beaucoup de soucis. Je peux avoir un café ?

Rosa trottine vers le bar, accélérant du même coup les palpitations de ses muscles fessiers. Il n'en faut pas plus pour inspirer à Simon des pensées plus précises qu'il murmure pour lui-même :

— Nom de dieu, de bon Dieu ! Ça devrait être interdit d'avoir un cul comme ça !

Mais le bruit du percolateur préserve l'impunité de ces paroles impies. Rosa se contente d'annoncer :

— Tu paieras ce soir. Ici, les marins n'ont pas l'habitude d'attendre. Je le marque sur ton compte.

— Parfait ! répond Simon, on verra ça ce soir. Bon ! Je ne traîne pas, le devoir m'appelle.

Il engloutit son café, et retourne vers sa tourelle, non sans avoir jeté un dernier coup d'œil sur la vestale du Paradis.

La croisière reprend.

Au départ de la traversée de 15 heures, Jacky interpelle son pilote :

— Dis donc patron, on a dû faire un excès de vitesse. Regarde ce que j'aperçois en face.

En effet, de l'autre côté, sur la cale du Paradis, ils reconnaissent une estafette de gendarmerie. Simon fronce le sourcil :

— Sans doute un contrôle de véhicules, dit-il.

Mais, au moment de l'accostage, deux gendarmes s'avancent vers le bac et se dirigent vers le poste de pilotage :

— On peut monter ? dit l'un d'eux.

— Vous pouvez, répond le pilote. C'est à quel sujet ?

Ils commencent leur ascension, sous les regards intrigués des passagers.

— On a une convocation pour vous, vous voyez de quoi il s'agit ?

Simon parcourt le feuillet en question :

— Oui, je vois bien, mais je croyais que cette affaire était classée.

— Sans doute pas entièrement. Mais vous en saurez plus la semaine prochaine. En attendant, bonne journée, monsieur.

Et chacun retourne à ses occupations.

Le soir, dans le bistrot du Paradis, la nouvelle s'est répandue, et les commentaires vont bon train.

Fesse-de-Bois lance les débats tout en remplissant les verres :

— À propos, les gars, vous avez remarqué que notre pilote fréquente les flics maintenant ?

— Les gendarmes, nuance, si j'peux me permettre, rectifie La Chignole.

Biscotte s'interpose :

— Et alors, gendarmes, flics ou pandores, il reste que ça nous regarde pas ! On est là pour boire un coup et c'est tout !

— J'ai rien dit de tout ça, se défend Fesse-de-Bois, mais, si tu veux aller par là…

— Tu veux aller par où ? Vas y raconte ton histoire !

— Eh ! doucement la Biscotte, j'ai pas d'histoire à raconter, mais j'ai juste des soupçons, ni plus ni moins…

L'amiral entre dans la ronde :

— Ouais, j'me dis, moi aussi que les bleus dans un poste de pilotage, ça sent pas le gas-oil, mais plutôt le roussi. Parce que vous pouvez me dire, tous autant que vous êtes, vous pouvez me dire comment on se retrouve d'un seul coup muté sur un bac de Loire, quand on a piloté toute sa vie des barlus sur la grande bleue ? Hein, Beauté, toi qui mouftes pas ?

— Moi j'dis que p'têt qu'il a fait des conneries et que… merde ! le v'là qui arrive.

C'est dans un silence religieux que Simon fait son entrée.

— Salut, la compagnie ! Qu'est-ce qui s'mijote ici ?

Une gêne évidente tient lieu de réplique. C'est Rosa qui brise la glace :

— C'qui mijote ici, c'est un restant de blanquette de ce midi. T'en veux ?

Le pilote retrouve son sourire :

— Avec plaisir. Ça s'ra toujours meilleur que le ragoût de museau de ces messieurs !

Les conspirateurs ont plongé le nez dans leurs verres.

— Et tu nous en diras des nouvelles, lance Bec-d'Alose, avec un sourire en coin, la blanquette de Rosa, c'est aut'chose que le poulet, hein les gars ? Bon, j'm'en vais, il viendra plus maintenant, ajoute-t-il en sirotant le verre prévu pour un ami invisible…

Les gars retiennent un sourire.

— J'vais vous dire ça, reprend Simon en levant sa fourchette. Santé !

— Sanctus ! fait l'amiral histoire de relancer l'ambiance.

Mais Simon a senti qu'il devait être à l'origine de cette gêne. Loin de vouloir éclaircir les débats, il se contente de renchérir :

— Délicieuse cette blanquette, mais je dois dire quand même, qu'il m'est arrivé, dans ma carrière, de me coltiner avec des poulets de qualité…

— Tu veux dire ? s'étonne Beauté.

— Je veux parler du Poulet Yassa sénégalais ou du mafé de Guinée… c'est pas mal du tout si vous voulez mon avis.

— Ouais, si tu veux aller par-là, dit Fesse-de Bois, mais là-bas, c'est la sauce qui fait tout…

— Comme dans la blanquette de Rosa, approuve Simon.

Le cargo s'est engagé dans la passe du port de Conakry. Déjà la houle du soir vient secouer la cargaison, présageant une entrée délicate dans le grand Océan.

Simon donne les dernières consignes à son second :

— Ça va secouer, Ousmane. Garde bien l'œil sur les conteneurs. Faudrait pas qu'on en balance un à la baille. Moi, je vais faire un tour dans ma cabine. Une petite sieste ne fera pas de mal. Tu me réveilles si y a du grabuge.

— Pas de problème, patron, approuve le solide Sénégalais en s'installant aux commandes.

Simon s'éloigne et jette un dernier coup d'œil sur la mer avant de refermer la porte de sa cabine. La nuit s'annonce sereine.

Pendant ce temps, sur le pont, l'équipage s'active avant l'entrée en pleine mer. Il s'agit de vérifier l'arrimage de la cargaison pour éviter tout incident de parcours.

Dans le poste de pilotage, Ousmane prend son rôle au sérieux :

— Demande-leur aussi de vérifier la stabilité des chaloupes, ça peut toujours servir, lance-t-il à son lieutenant de navigation.

Celui-ci s'exécute, et immédiatement un groupe d'hommes se dirige vers l'arrière du navire.

Déjà l'étrave fend les vagues de l'Atlantique, et les premiers embruns arrosent la proue. Les étoiles dansent de part et d'autre du maigre gréement. Sous ces latitudes, la nuit est rarement noire, et une faible lumière baigne le navire d'une clarté laiteuse. Seul le ressac des lames qui se brisent sur la coque trouble la paix nocturne.

Simon s'est assoupi sur sa bannette. Chez un marin, le sommeil n'est jamais total, le corps se repose, mais l'oreille reste attentive aux moindres soubresauts du navire.

Soudain une cavalcade résonne sur le pont arrière. Simon se dresse sur sa couchette :

— Qu'est-ce que c'est que ce bordel ?

Il sort de sa cabine et constate qu'une course poursuite s'est engagée sur son rafiot. Le capitaine hurle :

— Qu'est-ce que vous foutez, nom de Dieu ?

C'est Ousmane qui répond :

— Des passagers clandestins, chef ! Ils étaient planqués dans les chaloupes. On est dans la merde, patron !

— Pourquoi dans la merde ?

— On en a balancé deux à la baille, patron…

— À la baille ? vous êtes cinglés ! Qui a fait ça ?

— Ibrahima et Baboukar, mais il en reste encore un.

Hors de lui, Simon se rue vers la coursive d'où montent des hurlements. Il se heurte au fuyard qui continue sa course et, dans un geste désespéré, plonge par-dessus le garde-fou. Par réflexe, Simon décroche une bouée et la jette à la mer.

— Inch'Allah ! hurle-t-il, tout le monde sur le pont, et que ça saute !

L'équipage s'est rassemblé autour du capitaine. L'heure n'est pas à la fanfaronnade. Simon lance des ordres :

— Ousmane, conduis-moi ces deux-là aux fers. On avisera à l'arrivée au Havre.

Il désigne ainsi Baboukar et Ibrahima qui s'avancent, la tête basse, vers le second.

— Maintenant, reprend Simon, je ne veux plus entendre parler de cette histoire. Vous n'avez rien vu, rien entendu. C'est clair ? Chacun a son poste ! et plus de conneries, compris ?

Les jours s'écoulent paisiblement, au rythme des mouvements de la Loire. Simon est devenu un habitué du Paradis, et chaque soir il profite de la présence de l'équipe des joueurs de cartes, devant les plats mijotés de Rosa.

L'histoire des gendarmes a été oubliée, et les conversations ont définitivement négligé ce thème jugé délicat.

Ce soir, l'ambiance est troublée par l'entrée fracassante d'un homme aux cheveux gominés. Un habitué apparemment.

— Tiens v'là Pedro ! lance La Chignole.

Pedro s'avance vers le bar où Rosa frétille plus que de coutume. Simon suit du regard le parcours du dénommé Pedro. La démarche lui paraît exagérément souple. Il dirait qu'il roule un peu des mécaniques. Au moment où le torero d'opérette colle ses lèvres sur celles de Rosa, Simon détourne son regard, et plonge le nez dans son verre de rosé. C'est Fesse-de-Bois qui rompt le charme :

— Tiens, Rosa, tu nous remettras une chopine et un verre pour Pedro.

— Pas de refus, répond l'Espagnol. La journée a été dure au Dareau.

Devant l'étonnement de Simon, l'amiral précise :

— Le Dareau, c'est le chantier naval de Couëron. Un vrai chantier comme on en voyait dans le temps, mon vieux. Que du bois, de l'étoupe et du coaltar. De vrais artistes, mon gars. Pas vrai, Pedro ? Vous êtes sur quoi, en ce moment ?

— En ce moment, les artistes sont sur Le Gré des Vents, un chalutier de La Turballe, qu'on est en train de retaper.

— J'te le disais, Simon, que du bois taillé à l'herminette et de l'étoupe fourrée à coups de minahouet. Tu devrais aller y voir, ça vaut le déplacement.

— C'est quand il veut, approuve Pedro.

Et se tournant vers Simon :

— Au fait, tu fais quoi ici ?

— C'est moi qui pilote le bac depuis une semaine. Avant j'étais pitaine sur un cargo.

Les autres se lancent des regards entendus et guettent la confidence. Mais ils en seront pour leurs frais. Simon se contente d'ajouter :

— La Loire, c'est bien plus peinard.

— Mais j'y pense, reprend l'amiral, vous auriez peut-être un vieux rafiot pour notre capitaine ? Ça lui permettrait de rejoindre tranquillement son bac tous les jours, et peut-être même de se distraire en traquant la civelle, au mois de février.

Pedro réfléchit longuement avant de répondre :

— On a bien un vieux truc avec une cabine et un moteur in-bord. C'est un civellier, si tu veux aller par là. Y a pas grand-chose à faire dessus. On pourrait lui donner un coup de jeunesse.

— Ça irait chercher dans les combien ? demande Simon, visiblement intéressé.

— À mon avis, pas plus de cinq mille, répond l'Espagnol.

— C'est donné. Je suis partant pour cinq mille. On y va quand tu veux.

Biscotte saute sur l'occasion :

— Un barlu qui sort du chantier, ça s'arrose. Et pas avec de la piquette. Rosa, amène-nous une roteuse, s'il te plaît.

La soirée s'achève, égayée par un mélange hétérogène d'histoires de mer et de plaisanteries au goût salé…

Abderrahmane vient de poser le pied sur la plage. Il s'allonge un long moment pour reprendre haleine, lève les yeux vers le ciel, et remercie Allah entre deux hoquets.

— Merci, mon Dieu, de m'avoir donné la force de rejoindre la terre. Merci de m'avoir offert cette bouée, merci de m'avoir guidé jusqu'à la côte. Merci…

Le Mauritanien ne sait pas lire les lettres françaises, mais il devine que le nom du bateau est inscrit sur son flotteur providentiel. Il se lève, et titube sur le chemin côtier, à la recherche du premier village, emportant, autour du cou, le fer à cheval, seule preuve de son passage sur un navire.

Après de longues heures d'errance, il parvient enfin à la lisière d'un village côtier à forte odeur de poisson et de cambouis, le tout baigné dans des relents de thiéboudienne. Cabanes de bois, recouvertes de tôles, filets de pêche tendus entre des piquets fichés dans le sol. Pas un bruit, pas un souffle, le hameau dort. Abderrahmane décide d'en faire autant. Il pose sa tête sur sa bouée, et ne tarde pas à s'endormir.

C'est une voix de femme qui le sort de sa torpeur. Les premiers rayons du soleil réchauffent ses membres endoloris.

— Nanga def ! Je suis Mariem et toi ?

— Mangui fi rekk. Moi, c'est Abderrahmane.

— On ne t'a jamais vu ici, qu'est-ce que tu cherches ?

— Je suis tombé d'un bateau, et j'ai nagé jusqu'ici. C'est Dieu qui m'a envoyé cette bouée. On est où ici ?

— À Nouadhibou. Fais voir la bouée.

Mariem se saisit du fer à cheval et observe l'inscription :

— ADRAR, lit-elle. C'est le nom d'un haut plateau de notre pays. Mais c'est aussi le nom du bateau d'où tu viens. Suis-moi, je vais t'offrir un thé bien chaud, tu en as sûrement besoin.

Mariem conduit son protégé vers une cabane de tôle dont elle ouvre la porte.

— Bienvenue dans ma demeure. Entre, tu es chez toi.

La cabane de Mariem est en réalité une échoppe, une sorte de cantine où elle prépare les repas destinés aux pêcheurs dont les pirogues bariolées dorment sur le sable. Dans une heure, ils seront tous là pour se régaler de mets parfumés, avant de se lancer à l'assaut des vagues.

La Mauritanienne s'active à la préparation d'un thé accompagné d'une portion de galette des sables. Le fer à cheval de l'Adrar lui a posé une question. Elle demande :

— Comment peut-on tomber d'un bateau avec une bouée ? Tu m'expliques ?

— Je ne suis pas tombé, j'ai sauté, bredouille Abderrahmane.

— Tu as sauté ?

— Oui, comme ça, j'ai sauté par-dessus bord.

— Et la bouée ? Elle a sauté avec toi ?

— Non. Elle a sauté après moi.

Mariem n'en croit pas un mot. Elle flaire une sombre histoire :

— Les bouées ne sautent pas. On les lance. Alors, raconte-moi tout.

La jeune femme qui a l'habitude de régler les conflits des pêcheurs sait se montrer convaincante quand il le faut. Le Mauritanien l'a bien senti. Il s'exécute :

— Nous étions trois… sur le cargo… cachés dans un bateau de sauvetage… ils nous ont trouvés… ils ont jeté mes amis à la mer… moi j'ai sauté aussi… mais quelqu'un a dû lancer cette bouée pour me sauver… Et j'ai nagé jusqu'ici. Voilà.

— Mais c'est un crime ! s'indigne Mariem. Il faudra en parler à la police. Je te conduirai au poste cet après-midi.

Les pêcheurs ont peu à peu rempli la cabane. Leurs regards se portent sur l'intrus. Mais ils ne poseront pas une seule question. Ici, chacun sait que lorsqu'on se mêle des affaires des autres, elles deviennent trop vite les nôtres.

Pedro et Simon se sont donné rendez-vous, ce dimanche matin, sous l'aubette de la cale du Paradis. Au programme, visite du chantier du Dareau. Simon a dû poser une journée de congé, car le bac ne peut attendre. C'est donc un nouveau pilote qui, aujourd'hui, sera aux commandes.

Simon jette un dernier regard sur la Loire pour s'assurer de la compétence de son remplaçant. Le bac vient d'accoster au Pellerin sans encombre. La journée de congé peut donc commencer.

— Alors, patron, content de ton apprenti ? plaisante Pedro qui vient d'arriver.

— Oui, chef, on peut y aller. Il n'y aura pas de naufrage aujourd'hui, répond Simon sur le même ton.

Ils embarquent dans la Suzuki de Pedro et déjà la voiture traverse Port-Launay, avant de s'engager dans le marais.

Les chênes têtards qui bordent les étiers rectilignes défilent à travers les vitres de la voiture. Un peu plus loin, les prairies inondables accueillent quantité d'aigrettes garzettes surveillées jalousement par quelques cigognes. Ici on ne partage pas facilement la nourriture.

Le chantier du Dareau est posé en bordure d'un étier soumis aux caprices des mouvements de la Loire. Les navires en attente patientent, tantôt couchés sur la vase, tantôt dodelinant au gré des flots. Un hangar est installé sur la berge, et les palanquées de bois, soigneusement rangées, témoignent d'une construction traditionnelle comme l'indiquait l'amiral. Devant l'entrée du hangar, calé dans son berceau de mise à l'eau, le chalutier « Au gré des vents » reçoit les derniers coups de pinceau. Une forte odeur de peinture marine, mélangée aux essences de sciure, accueille les visiteurs. Pedro salue ses collègues de travail :

— Salut, les gars ! Accrochez-vous aux pinceaux, j'enlève l'échelle !

— Salut fainéant ! Qu'est-ce qui t'amène ? demande un des peintres perchés.

— Un ami qui voulait visiter le chantier. C'est Simon, le pilote du « Saint-Hermeland ».

— Bienvenue, Capitaine ! Fais comme chez toi, Pedro. Mais attention ! peinture fraîche !

— T'inquiète pas, répond Pedro. Je connais le chantier comme ma poche. Au fait, le civellier est toujours en dépôt ?

— Oui, il est de l'autre côté de la route. Tu as un acheteur ?

— C'est bien possible, dit Simon. Faut voir.

Ils traversent la route goudronnée. Le navire est sur une sorte d'esplanade où sont entreposés gréements, carcasses d'embarcations et autres planches qui sèchent en attendant leur tour.

— Dis donc ! s'étonne Simon, c'est un petit chalutier.

— N'exagérons rien, dit l'autre, il est ponté et le poste de pilotage est dans la cabine.

— « An Alarc'h », s'étonne Simon, un drôle de nom pour un bateau, ça veut dire quoi ?

— C'est du breton. Le vieux proprio nous a dit que c'est le nom que portait le navire qui a ramené à Dinard le duc Jean IV, pour récupérer son trône de Bretagne.

— Et ça veut dire ?

— Ça veut dire « le cygne ». C'est pour ça qu'il est blanc.

— Avec un bon coup de peinture, la ressemblance sera plus nette, s'amuse Simon.

— Il te plaît ?

— Tu penses qu'il me plaît. Je m'y vois déjà.

Les deux hommes font le tour du cygne pour un état des lieux rapide. Le bateau n'a besoin que d'une remise en état. Un peu d'étoupe ici et là et un coup de peinture pour finir, au-dessus de la ligne de flottaison, une révision de moteur, et le reste sera goudronné.

— Tu me le gardes, dit Simon.

— Comme si c'était le mien. Fais pas de bile, le rassure Pedro.

Les deux compères finissent par une visite du chantier avant de reprendre la route du Paradis.

Mariem conduit Abderrahmane vers le centre-ville de Nouadhibou. Ils quittent donc tous deux le sable du port pour fouler le sol goudronné d'une rue qui monte vers un quartier accueillant, mais peu fréquenté. Au premier carrefour, un Touareg, fusil en main, takakat et taguelmoust indigo, semble monter la garde. Il regarde, sans mot dire, passer les deux visiteurs.

— N'aie pas peur, dit Mariem, le fusil n'est pas chargé. Dans la tradition, les Touaregs sont les gardiens du désert, et ils prennent leur rôle très au sérieux.

De rares véhicules bringuebalants circulent sur ce qu'on appelle ici le « goudron ». Au centre de la ville s'alignent divers magasins dont les étals exposent de rares marchandises. Nouadhibou ne respire pas l'opulence. Sur la place principale, Abderrahmane remarque une inscription qu'il a déjà rencontrée : Police.

— Nous y sommes, dit Mariem.

Ils entrent.

Un planton les conduit vers un bureau ou une sorte de gradé range des documents, sans oublier de souffler sur la poussière que le vent des sables a su introduire dans le local.

L'homme lève la tête vers les deux arrivants :

— Oui ? dit-il.

C’est Mariem qui prend la parole :

— Mon ami voudrait déposer une plainte pour meurtre.

Elle raconte l’aventure de son ami, sans oublier d’exposer l’horreur subie par les deux autres clandestins. L’officier note le nom du bateau et conclut de manière laconique :

— La police du port de destination s’occupera des malfaiteurs…

Et, satisfait du devoir accompli, il raccompagne les plaignants jusqu’à la sortie.

Sur le chemin du retour, Mariem propose à Abderrahmane :

— Je peux demander à un pêcheur de te reconduire chez toi. D’où venais-tu ?

— Nous sommes partis de Conakry, mais moi, je viens de Dakar. J’habite près du port de Hann.

— Alors je demanderai à Babou Diop de te conduire là-bas. Il se fera un plaisir de t’embarquer quand il partira pour la pêche.

Le sourire est revenu sur le visage du naufragé, Mariem l’a remarqué, et peut désormais se permettre de plaisanter :

— Cette fois, tu feras attention à ne pas sauter par-dessus bord…

L'Adrar entre dans le bief du port du Havre, et s'amarre le long du quai qui lui a été réservé. Le comité d'accueil est déjà là. Simon note la présence d'une voiture de police :

— Déjà là ? se dit-il.

Et il imagine brusquement que sa bouée fer à cheval a pu jouer parfaitement son rôle. Pour se rassurer, il se dit qu'il s'agit peut-être d'un contrôle de routine. Mais, comme pour le contredire, deux policiers montent à bord. Simon va à leur rencontre :

— Messieurs, que puis-je pour vous ?

— Quelques renseignements sur un incident de traversée, répond celui qui a l'air de diriger les débats. On peut en parler dans votre cabine ?

Simon conduit les représentants de l'ordre dans ses appartements. On s'installe et la conversation s'engage :

— Allons directement au sujet, commence le gradé. Vous avez eu connaissance de la présence de passagers clandestins dans votre navire ?

Simon décide de jouer la transparence :

— Oui, ils étaient au nombre de trois et l'un d'eux a plongé à la mer. Volontairement, je précise. Je lui ai d'ailleurs jeté une bouée…

— C'est ce qu'il a dit à la police de Nouadhibou, réplique le flic. Et les deux autres ?

Simon se dit que les nouvelles vont vite, mais il se rassure en songeant que son sauvetage joue en sa faveur :

— Pour ce qui est des deux autres, je dois dire que mon équipage a fait des conneries.

— C'est-à-dire ?

— Eh, bien ils ont été jetés… à la mer…

— Vous trouvez ça normal ? tranche le policier.

— Pas du tout. D'ailleurs je les ai fait mettre aux fers immédiatement.

— Livrez-les-nous, vous serez tenu au courant des suites qui seront données à cette affaire.

— Signez là, dit le deuxième flic qui a rédigé son rapport pendant tout l'entretien.

C'est donc menottés et tête basse que Baboukar et Ibrahima descendent à terre, sous l'œil effaré du reste de l'équipage.

Abderrahmane enjambe le bord de la pirogue de Babou Diop. Une embarcation bariolée aux couleurs du Sénégal. Son étrave figure l'éperon d'un espadon prêt à fendre les vagues, et le confort est assuré par des bancs de bois qui servent également à consolider les deux bords. Le moteur, un 50 chevaux Mercury, rafistolé de toute part, semble pouvoir propulser la barque sans encombre jusqu'au Sénégal.

Par précaution, Abderrahmane a emporté sa bouée fer à cheval porte-bonheur. On n'est jamais trop prudent.

Trois autres pêcheurs font partie de l'expédition. Ils sont blottis sur leurs bancs, protégés par des sacs plastiques qui laissent comprendre que les embruns risquent de pleuvoir.

La mise à l'eau est assurée par un groupe d'amis qui entrent dans les vagues jusqu'à mi-poitrine.

Sur le rivage, Mariem agite le bras en signe d'au revoir. Abderrahmane lui répond. Le rodéo sur les vagues a commencé…

La pirogue espadon danse sur les lames qui giclent sur l'étrave, et confirment qu'il est plus prudent de se tenir à l'abri. L'embarcation gagne rapidement le large et pique vers le sud.

On peut bientôt apercevoir dans le lointain les minarets de Nouakchott, puis finalement l'île de Gorée, de triste renommée.

Alors Diop change de cap pour se diriger vers le port de Hann.

Peu de temps après, Abderrahmane saute sur le sable, sa bouée bien calée sous le bras.

Il lui faudra maintenant exposer aux amis les péripéties de sa triste odyssée.

An Alarc'h glisse lentement sur le plan incliné qui le confie petit à petit aux eaux de l'étier de l'Arche du Dareau. La marée haute a rempli le canal d'accueil.

Tous les habitués du Paradis sont présents sur la berge pour assister à la mise à l'eau. Un véritable événement !

L'amiral à sorti sa casquette d'apparat, Bec d'Alose a apporté deux gourdes de rosé, pour le cas où, et Beauté porte un tricot marin un peu ample qui amuse beaucoup Fesse-de-Bois :

— Ça lui va comme un tablier à une vache, claironne-t-il.

Tandis que Biscotte lance, de sa voix de stentor, et dans son plus pur breton, l'hymne composé jadis lors du retour du fameux Duc de Bretagne :

Eun alarc'h, eun alarc'h tramor
Eun alarc'h, eun alarc'h tramor
War lein tour moal kastell armor
Dinn, dinn, daoñ ! d'an emgann ! d'an emgann !
Ho !
dinn, dinn, daoñ! d'an emgann ez an !

Debout dans la cabine, Simon glisse sur les eaux à bord de sa nouvelle acquisition. Sur la berge, il aperçoit Rosa, aux côtés de Pedro. Elle a revêtu sa robe des grands jours qui souligne sa superbe silhouette. Pedro se penche sur elle et lui murmure à l'oreille :

— Je te verrais bien debout sur la proue et les bras écartés, comme dans le film Titanic. Qu'est-ce que tu en dis ?

— Tu plaisantes, sourit Rosa, on n'est pas au cinéma...

— Mais si, justement ! Eh ! Simon, attends un peu...

Simon obéit et accoste au ponton de bois. Pedro pousse Rosa vers le civellier, et l'aide à embarquer.

— On se retrouve au Paradis, dit-il. N'oublie pas, hein, comme dans le film...

Un peu émue, Rosa avance vers la proue, et prend la pose, les bras en croix. Sur la berge, les joyeux lurons applaudissent. Simon lance le moteur, et An Alarc'h s'avance lentement vers la Loire.

— Attention aux icebergs, plaisante l'amiral.

Le navire se faufile entre les prairies du marais, où paissent quelques vaches surveillées par des aigrettes en embuscade. Les roseaux, inclinés par la brise d'ouest, saluent l'équipage du bateau blanc. Dans la cabine du Cygne, Simon promène ses regards sur les berges, tout en admirant sa figure de proue qui, de temps à autre, se retourne, et lui sourit à la manière de la belle Rose du Titanic. Rose, Rosa, songe Simon : quelle belle coïncidence...

Après un kilomètre de navigation dans le marais, An Alarc'h entre enfin en Loire. Simon vire sur bâbord et, profitant du courant de la marée montante, se laisse porter vers le Paradis.

Ce soir-là, les commentaires, nourris par quelques chopines de rosés, tournent autour de l'An Alarc'h et de son vaillant capitaine. L'amiral a bien cerné le problème :

— À mon avis, dit-il, tu ne peux pas amarrer ton barlu au ponton du Paradis. La marée basse va le foutre à sec. Il te faut un mouillage et une annexe. Comme ça, plus de problème, tu montes à bord quand tu veux.

— Il a raison, confirme Pedro, et, au Dareau, des annexes y en a à la pelle. Je t'en mets une de côté.

— Merci, les gars, dit Simon, je vais me bricoler un mouillage…

Ce matin, Simon appareille dans son civellier blanc. Sur le quai du Paradis, les copains s'étonnent :

— Ben quoi ? Tu nous laisses tomber, demande l'amiral.

— Non, fais pas de bile. Juste une course à faire à Nantes. Quand on n'a pas de voiture, on prend la route de la Loire. Pas de souci, mon remplaçant s'occupe du « Saint-Hermeland ».

Les copains échangent des regards quelque peu dubitatifs.

Après avoir jeté un dernier coup d'œil sur sa carte du secteur, Simon lâche les chevaux de son moteur et remonte la Loire. Le Cygne danse sur les vagues formées par la marée descendante qui se heurte au vent de la mer.

Il longe la berge de Couëron où se dresse la fameuse Tour à Plomb. Un peu plus loin, c'est Basse-Indre qui paresse sur le bord du fleuve.

Enfin il aperçoit Trentemoult et vire sur bâbord pour entrer dans le port de Nantes. Au lieu-dit Malakoff, il s'engage dans l'écluse qui permet l'accès au canal Saint-Félix. À peine sorti du tunnel qui traverse le centre-ville, il découvre le pont Saint-Mihiel, et enfin le terme de son voyage. Simon consulte sa montre : 13 h 50.

— Ça, c'est de la ponctualité, pense-t-il.

En effet, son rendez-vous est à 14 heures.

Une fois le bateau amarré au quai de Versailles, Simon se dirige vers le commissariat Waldeck Rousseau.

Le planton lève les yeux vers le nouvel arrivant.

— J'ai rendez-vous avec l'inspecteur Poquet, dit le marin en exhibant sa convocation.

— Troisième porte à gauche dans le couloir, répond l'officier.

L'inspecteur Poquet est un gaillard d'une cinquantaine d'années, d'allure sportive. T-shirt et barbe rase, entretenue vraisemblablement à l'aide d'une tondeuse précise. Il affiche une remarquable courtoisie :

— Asseyez-vous, je vous prie, dit-il après avoir consulté l'objet de la convocation. Nous avons reçu des nouvelles de votre affaire…

Simon ne répond pas. Il attend les nouvelles. L'inspecteur parcourt en diagonale le compte-rendu d'enquête :

— Vos clandestins sont nés sous la bonne étoile des tropiques : le premier a atterri à Nouadhibou et les deux autres ont été récupérés par des pêcheurs sénégalais, au large du Banc d'Arguin, la réserve naturelle mauritanienne.

Le marin reste sans voix.

— Finalement, c'est une affaire qui finit bien, dans le secteur du Radeau de la Méduse, plaisante l'inspecteur Poquet.

— Et qu'est-ce qui va se passer maintenant ? demande Simon.

— Vos deux matelots seront libérés quand ils auront fini de purger leurs trois années de tôle. Il s'agit d'Ibrahima Cissé et de Baboukar Diouf, qui ont été jugés pour tentative de meurtre. Quant à vous, je ne peux que vous recommander de rester vigilant à l'avenir.

— Rien à craindre, répond l'intéressé, sur le bac j'ai très peu de passagers clandestins.

— Signez là, conclut l'inspecteur Poquet.

Quelques instants plus tard, Simon retrouve son navire, et, le cœur léger, reprend sa navigation vers le Paradis.

An Alarc'h est maintenant installé à quelques brasses du Paradis. Il tourne autour de son mouillage, obéissant aux caprices des vents et des marées. Simon peut désormais s'y rendre grâce au « Vilain Canard », l'annexe gracieusement offerte par le chantier du Dareau. Le « Vilain Canard », une idée de Beauté qui connaît bien les contes d'Andersen…

À la demande de Pedro, Rosa a accepté de louer une chambre au pilote qui, de fait, est devenu un membre de la grande famille du bistrot.

L'Espagnol et lui sont devenus une belle paire d'amis. Mêmes occupations marines, même amour de la Loire, tout semble les réunir. Rosa elle-même apprécie que Simon soit devenu un agréable catalyseur entre elle et Pedro dont le caractère bourru est parfois difficilement supportable.

Les deux amis ont décidé de se lancer dans la pêche à la civelle, dès que la saison commencera. Simon s'est alors offert quelques tamis et un permis de pêche. En fin connaisseur, l'amiral a su lui donner tous les conseils nécessaires :

— Tu places ton bateau face à la marée montante et tu cherches, dans le courant, le cordon des civelles, car il faut savoir qu'elles avancent en groupe serré, portées par la marée. Tu accroches bien tes tamis au bord du barlu, pour ne pas les laisser partir à la baille. Vu ? Mais tu vas aussi pêcher des saletés. Pour les éliminer, tu vas bricoler une espèce de filtre qui laissera passer les civelles en retenant les déchets. On appelle ça un bottereau. C'est une espèce de vivier qui gardera précieusement ton caviar de Loire, à condition de doubler les parois avec un coffre en zinc. Sinon les civelles vont escalader le bois et s'échapper. Pigé ? Un dernier conseil : tu laisses tomber tes cigarettes à la gomme. Les mégots, ça pollue la flotte. Tu achètes un brûle-gueule c'est bien plus pratique.

Fort de ces conseils avisés, Simon s'est mis au travail en attendant l'arrivée du fameux cordon de décembre.

Jour après jour, les deux compères ont pris l'habitude de faire des sorties en Loire. Ainsi ils se familiarisent avec le secteur. Leur zone de pêche se situera entre Cordemais et Basse-Indre.

Un soir d'été, Pedro s'installe au poste de pilotage :

— Frère, je t'emmène en expédition à Trentemoult.

— Connais pas… Pourquoi Trentemoult ? répond Simon.

— Tu vas voir… c'est un chouette patelin. J't'en dis pas plus.

Et il met les gaz, pendant que Simon bourre son brûle-gueule. L'amiral avait raison, pense-t-il, c'est moins encombrant qu'une pipe et moins dangereux pour les dents.

Sur tribord, les roselières de Saint-Jean de Boiseau défilent, et bientôt ils naviguent entre les berges de Basse-Indre et d'Indret. Puis c'est Roche Ballue et enfin Trentemoult.

Pedro connaît le secteur. Il sait éviter les vasières où le Cygne risquerait de s'échouer. Il s'amarre au ponton de plaisance et emmène Simon vers la découverte :

— Suis-moi et ouvre bien les yeux, frère…

L'Espagnol n'a pas menti. Le village niché sur la berge aligne ses façades multicolores. Les bistrots et les restaurants accueillent le soir des Nantais amateurs de dépaysement et de plats traditionnels.

Simon remarque que son matelot s'y sent comme chez lui :

— Tiens ! on va aller dire bonjour à Finette, annonce-t-il.

Finette ? Peut-être une copine, pense Simon.

En effet, Finette s'avère être la patronne du « Bistrot du Port ». Elle connaît très bien le visiteur :

— Salut, Gérard ! En visite chez nous ?

Pedro, soudainement devenu Gérard, embrasse Finette en laissant dériver sa main vers des contrées situées au-dessous de la taille.

— Je te présente José, mon capitaine de croisière.

— Moi, c'est Simon, rectifie le pitaine en question.

Pourquoi Pedro est-il devenu Gérard ? Qui est cette Finette qui laisse manipuler ses atouts, sans broncher ? Pourquoi veut-on l'appeler José ? Simon cherche les réponses dont il redoute l'évidence.

— Bichette, tu nous mettras deux Despé bien fraîches avec une rondelle de citron…

Pedro montre une excitation qu'il tente de dissimuler sous une nonchalance inhabituelle :

— Finette, tu sais, c'est une bonne copine, d'ailleurs, si ça te dit, c'est encore possible…

— Qu'est-ce qui est possible ? demande Simon, feignant l'étonnement.

— Ben, tu vois ce que je veux dire… un coup de ça va ça vient, ni vu ni connu…

— Et Rosa ?

— On n'est pas obligé de tout raconter. Chacun sa vie… tu vois c'que j'veux dire… D'ailleurs si tu t'appelais José, ce serait bien mieux…

— J'y réfléchirai, répond Simon, histoire de laisser planer le doute.

— Réfléchis bien, frère. Ça vaut le coup, tu verras… Bouge pas, je reviens…

Pedro se dirige alors vers le fond du bistro, sans doute vers des appartements privés. Il a l'air de se sentir comme chez lui, se dit Simon. Il suit des yeux le trajet de son complice de soirée, et constate que Finette ne tarde pas à le rejoindre. Ceux-là ont l'air de s'entendre à merveille, et ce n'est pas fait pour rassurer le pilote.

Simon finit sa bière et patiente encore un peu.

Une nouvelle serveuse a pris son service à la place de Finette qui en ce moment a sûrement d'autres chats à fouetter.

— Je vous sers autre chose ? demande-t-elle.

— La même chose, répond Simon, en consultant machinalement sa montre.

Mais le temps passe, et Pedro ne manifeste toujours pas l'intention de revenir.

Excédé, Simon décide de régler les consommations. Il sort et s'en va attendre dans le poste de pilotage de l'An Alarc'h.

La nuit est claire, et la lune joue avec la vase luisante du port. Simon tire nerveusement sur son brûle-gueule, en faisant les cent pas sur le pont. Ce n'est qu'après minuit que Pedro consent à rejoindre le navire. L'accueil est plutôt glacial :

— Tu as peut-être oublié que je prends mon service à six heures, sur le Saint-Hermeland ?

Mais Pedro n'est pas d'humeur à recevoir le moindre reproche :

— Dis donc, frère, je ne t'ai pas chargé de finir mon éducation. Tu n'as pas voulu rester, ça te regarde.

— Oui, tu as raison… ça me regarde, et, la prochaine fois, tu te démerderas pour rentrer à Couëron à la nage… à condition qu'il y ait une prochaine fois.

— Tu me déçois, Simon. Je croyais qu'on était un peu moins bégueule dans la marine marchande.

— Je suis pilote de bac, monsieur, et je dois bosser dur pour gagner ma croûte.

— Alors, fallait rester sur ton cargo, au lieu de jouer les donneurs de leçons dans la Basse-Loire… d'ailleurs, pourquoi tu as laissé tomber la navigation au long cours ? On raconte que tu aurais été viré…

— Si on te le demande, tu diras que tu n'en sais rien. D'accord ?

Simon s'est installé aux commandes, et montre à son matelot qu'il n'a pas l'intention de traîner en route. Ils n'échangeront pas un mot pendant le trajet.

Quelques instants plus tard, aidé par le courant de la marée descendante « le cygne » accoste au Paradis.

— Je te laisse ici, dit Simon. Je préfère finir ma nuit dans le poste du Saint-Hermeland, comme ça je serai sur place demain.

— Tu me fais la gueule, maintenant ? répond l'autre. Je ne te voyais pas comme ça…

— Moi non plus… Gérard…

— Et en plus tu te fous de ma gueule !

Pedro s'est rapproché de son capitaine. Il le toise tout en l'obligeant à se coller contre le bord du « Cygne ». Simon comprend alors que son ami ne se contrôle plus. Il se dégage vivement et, inversant les rôles, il plaque Pedro contre le bastingage en le tenant par le col de sa vareuse :

— Tu ne recommences jamais ça, dit-il, sinon je te balance à la flotte. Vu ?

Pedro a compris que l'autre ne plaisante plus, les muscles de Simon pourraient pousser la menace jusqu'à son exécution. Il se rajuste et descend à terre.

— Bonne nuit, murmure-t-il, en se dirigeant vers le Paradis.

Sans même prendre le temps de répondre, Simon fait route vers le quai du Pellerin où il amarre son bateau, avant de monter vers le poste de pilotage du bac où il finira la nuit.

Simon a repris le va-et-vient quotidien entre Le Pellerin et le Paradis. L'aventure nocturne a laissé des traces profondes dans ce qu'il croyait être une amitié durable entre lui et Pedro. Aujourd'hui, dans son poste de pilotage, il imagine comment la querelle aurait pu finir, s'il n'avait pas contrôlé ses nerfs.

Pour lui, Pedro se trouve désormais relégué au rang de connaissance peu recommandable, et, pour le moment, Simon ne manifeste aucun désir de le revoir. Le temps fera sans doute son travail d'effacement, mais ce qui est fait est fait, et l'oubli n'y aura aucune place.

À la pause de neuf heures, le pilote descend à terre et se dirige vers le bistrot du Paradis. Aucun risque d'y croiser l'Espagnol qui a sûrement repris le chemin du Dareau. En effet, seul l'amiral est installé devant le petit blanc du matin.

— Salut, Capitaine ! Comment se porte notre Loire ?

— À merveille, amiral. Elle coule vers la mer, comme d'habitude… Tu mettras un café et un pain beurre, lance Simon en direction de Rosa.

Mais Rosa n'affiche pas son sourire habituel. Lorsqu'elle s'approche de sa table, Simon remarque qu'elle dissimule son visage derrière un foulard. Elle porte des marques inhabituelles, mal camouflées par son maquillage. Pour le pilote, il est évident qu'elle a reçu des coups.

Simon sent la colère monter en lui. On ne frappe pas une femme, et surtout pas Rosa !

Il finit son déjeuner et, encore furieux, remonte dans son bac, on va voir ce qu'on va voir !

Le soir venu, Simon retrouve le chemin du Paradis. Les joueurs de belote sont attablés comme à leur habitude.

— Il me reste encore du sauté de veau avec des carottes, propose Rosa. Ça te dit ?

— Avec plaisir, répond le pilote, j'ai comme un petit creux…

Mais il note que le visage de Rosa n'a pas retrouvé le rayonnement habituel. Son sourire reste crispé.

Simon finit rapidement son assiette et s'apprête à rejoindre sa chambre.

— Salut la compagnie, lance-t-il à la cantonade.

Il monte dans ses appartements, non sans avoir vérifié que Pedro manque ce soir à l'appel. Il sait qu'on ne le reverra pas pendant quelques jours. Par lâcheté, il attendra que la douleur de Rosa s'estompe.

Mais le sommeil ne vient pas.

Aux alentours de minuit, il entend monter le pas de Rosa qui, son travail achevé, se dirige vers sa chambre. Il ne peut résister, il lui faut des réponses aux questions qui le taraudent. Il frappe à la porte :

— Rosa !

— Oui, dit-elle dans un murmure.

— Ouvre, j'ai besoin de te parler.

La porte s'ouvre.

— Entre, dit-elle.

Il s'avance vers elle, et, dans un élan de tendresse, la saisit par les épaules.

— Dis-moi ce qui t'arrive. On t'a frappée ? C'est ça ?

Simon sent dans ses paumes la chaleur du corps de Rosa. Il l'attire contre lui, en murmurant à son oreille :

— Quel que soit le bâtard qui te veut du mal, sache que je le lui ferai payer très cher !

Rosa sanglote, blottie maintenant contre le torse de Simon :

— Laisse-le, il est comme ça, tu sais bien.

— Que je le laisse te détruire, jour après jour ? Il n'en est pas question ! S'il recommence, je le tue !

Il a planté son regard dans les yeux de la belle. Et maintenant il se noie dans ses prunelles qui brillent comme les châtaignes de l'automne. Le désir monte, et leurs lèvres se frôlent jusqu'à se joindre. Alors s'engage un corps à corps désordonné. Cette fois, c'est un baiser fougueux qui unit les deux amis. Un baiser qui va les transformer en amants. Simon prend à pleines mains les fesses de Rosa qui frémissent sous la robe. Il embrasse des seins qu'il a si souvent désirés. Puis il s'agenouille, et vient déguster les replis secrets du ventre de son amie. Elle gémit. La langue de Simon fouille l'écrin d'un bijou de soie.

— Oui, soupire-t-elle, encore… Simon… encore…

Ils recommenceront cette lutte sauvage jusqu'à l'épuisement, jusqu'à l'apaisement.

Les voilà maintenant blottis, l'un contre l'autre, sur le lit de Rosa :

— Je t'aime, soupire Simon.

— Je t'aime, répond Rosa, depuis plus longtemps que tu ne le crois…

Les deux amants ont décidé que cet épisode nocturne ne resterait pas une simple aventure. Il conviendrait cependant qu'ils se méfient des humeurs de Pedro qui, à la moindre erreur, pourrait se montrer incontrôlable. La discrétion serait donc de rigueur, en attendant mieux.

Mais les joyeux drilles du Paradis n'ont pas leurs yeux dans leurs poches. Ils savent mesurer l'ardeur des regards échangés parfois entre les amoureux. Un matin, c'est l'amiral qui se rend à l'abordage :

— Dis donc Simon, tu ne serais pas un peu amoureux de la patronne ?

Le pilote répond par une autre question :

— Qu'est-ce qui te fait dire ça ?

— Oh ! rien, j'observe, c'est tout...

— Dis-toi bien, Amiral, que, ceux qui lèchent les vitrines des pâtisseries ne sont pas toujours ceux qui mangent les gâteaux...

— C'est souvent vrai, dit l'autre. Mais ça me ferait de la peine que Pedro s'en rende compte. Il n'est pas toujours fin, tu sais...

— C'est bien pour ça que tu n'as rien à craindre, conclut Simon.

Il sirote son café et retourne vers sa cabine de pilotage, laissant l'amiral insatisfait.

Au bout de quelques jours, Pedro refait une apparition dans la salle du bistrot :

— Salut la compagnie ! lance-t-il en s'approchant du bar de Rosa.

Simon constate que la belle ne montre aucun plaisir de revoir son Espagnol. Celui-ci s'en rend compte, et, pour donner le change, commande deux chopines de rosé destinées à l'équipe des joueurs de belote.

— Eh, Pilote, il paraît que la pêche à la civelle est ouverte. Ça donne pas mal du côté de Cordemais.

— Oui, grogne, Simon. Il faudra qu'on y pense un jour.

— Pourquoi pas demain soir ? poursuit l'autre.

— Si on veut. Je préparerai le matériel. Départ à 23 h.

L'amiral intervient :

— Ils n'annoncent pas du beau temps pour demain. Moi, à votre place…

— Oui, ça vaut pour les marins d'eau douce, mais pas pour nous, pas vrai Simon ?

Rendez-vous est donc pris. Et sur ces belles paroles, Simon gagne sa chambre.

Le retour de Pedro a quelque peu perturbé le pilote. Il craint un changement d'attitude chez Rosa.

Vers minuit, il lui vient quelques bribes d'une conversation un peu trop animée. C'est Rosa qui hurle :

— Si tu lèves encore une seule fois la main sur moi, tu retrouveras ton paquetage sur le quai…

— Aucun souci, tu sais, une Rosa de perdue, dix de retrouvées, c'est pas les salopes qui manquent du côté de Nantes…

Simon se retourne sur sa couche. Il sent venir un nouveau drame, mais se retient d'intervenir. Il sait désormais que son heure viendra…

La Loire a pris sa couleur des mauvais jours de janvier. Les prédictions de l'amiral s'en trouvent ainsi confirmées.

Une houle grise, presque gluante, vient s'écraser sur l'étrave de l'An Alarc'h dont le moteur ronronne, face au courant de la marée montante.

An Alarc'h. le cygne. Ce soir, les vagues sombres font outrage à sa parure blanche. C'est d'ailleurs le seul bateau qui, dès le début de la marée, a osé affronter le vent d'ouest chargé d'embruns. Car il y a des jours où la Loire sait rivaliser avec la mer en furie, sa proche voisine. Des soirs où elle charrie le danger, la mort, parfois…

À la barre, dans la cabine de bois, Simon suce tranquillement son brûle-gueule, pour inspirer des bouffées tièdes qui réchauffent momentanément l'atmosphère du poste de pilotage. Il maintient le cap, tout à l'ouest, donne juste ce qu'il faut de moteur pour ne pas céder devant le courant, et garde un œil attentif sur son « matelot » qui surveille les tamis.

Simon barre en fixant, tantôt la tête de l'étrave, tantôt les nuées noires qui s'activent à dissimuler la lune, tantôt aussi, et surtout, son matelot qui s'active à l'arrière. Car il a décidé que ce serait pour ce soir. Pour tout de suite.

Pedro, appuyé sur tribord, éloigne, à la gaffe, les bois flottants qui menacent constamment le tamis. Les coups de barre du pilote lui font lever, vers la cabine, des yeux qui voudraient dire :

— Merde, Simon, fais pas le con ! Tu vas me foutre à la baille !

Mais le barreur n'entendrait pas.

Pedro a enfoncé sa casquette pour que la bourrasque ne vienne la lui arracher et l'offrir à la Loire. De temps à autre, il cherche du regard les lumières du Paradis qui tremblent sous l'averse. À l'heure qu'il est, Rosa doit s'être endormie. L'image même de la femme lui laisse monter sur l'échine des frissons plus forts encore. Il lui tarde de la retrouver. Il imagine sa tiédeur…

Brusquement, Simon met toute la barre à bâbord. An Alarc'h se couche instantanément sur le flanc, désarçonnant du même coup Pedro qui plonge dans la Loire.

— Simon, qu'est-ce que tu fous, bordel de merde ! hurle-t-il, avant de disparaître dans le noir.

Le poids de l'eau dans les bottes achève de l'entraîner vers le fond.

Alors, Simon remet le civellier bout au vent, rallume son brûle-gueule et lance négligemment une bouée sur tribord, en murmurant entre ses dents :

— Un homme à la mer… Un homme à la mer…

Il chante, presque…

Puis il se ravise, et hurle dans la bourrasque, entre six coups de sirène :

— Un homme à la mer ! un homme à la mer…

Mais sa voix se perd dans les rafales.

Il opère alors un ultime demi-tour, et relance An Alarc'h, cap sur le Paradis.

La partie de pêche vient de finir.

Simon amarre son bateau au ponton du Saint-Hermeland et sans plus réfléchir, fonce vers la gendarmerie. À une heure aussi tardive, il va falloir réveiller le planton. Il sonne et tambourine de toutes ses forces. La porte s'ouvre :

— Vite ! Il faut faire quelque chose ! Mon matelot est tombé dans la Loire…

Le jeune gendarme écarquille les yeux :

— Comment ? Il est tombé ? D'où il est tombé ?

— De mon bateau… on était à la civelle…

L'autre réagit enfin :

— J'appelle les pompiers.

Dix minutes plus tard, les pompiers sont sur la cale du Pellerin, et préparent leur Zodiac.

Le lieutenant ne se montre pas optimiste :

— À l'heure qu'il est, où voulez-vous qu'on le trouve ? On va faire les berges… avec le courant, il a peut-être dérivé vers les roseaux.

Peine perdue, après trois quarts d'heure de recherche, il leur faut se rendre à l'évidence :

— On reprendra le travail demain, mais cette fois c'est un cadavre qu'on recherchera, tranche le lieutenant. Comment il s'appelle ?

— C'est Pedro Gomez, un gars du Dareau. Il faisait équipe avec moi pour la civelle…

— Il ne vous reste plus qu'à aller vous coucher en priant très fort, dit le gendarme. On vous appellera demain pour les formalités.

Une fois de plus, Simon a dû se faire remplacer sur le Saint-Hermeland afin de pouvoir répondre à la convocation de la gendarmerie du Pellerin.

— D'après ce que je vois sur mon écran, dit le capitaine de gendarmerie, les passagers ne sont pas toujours en sécurité sur vos navires. C'est le quatrième qui se retrouve dans la flotte.

— Rassurez-vous, répond Simon, je transporte tous les jours des centaines de voitures, et on n'en a jamais vu une seule plonger dans la Loire.

— Rappelez-nous les faits, poursuit le gradé, sans tenir compte de la remarque.

— C'est tout simple : mon matelot a glissé en écartant les bois flottants, et il est passé par-dessus bord. Comme il avait des bottes, il a coulé avant que j'aie eu le temps d'intervenir. J'ai lancé le signal de détresse, et voilà…

— En effet, les pompiers confirment avoir entendu vos coups de sirène. Bon, pour l'instant, on vous demande de rester à disposition. Il y aura enquête dès qu'on aura trouvé le corps. Signez ici…

Rosa accepte mal le fait divers.

Il lui semble ce soir que ce dénouement aussi dramatique qu'imprévu pourrait poser problème à la relation nouvellement établie entre elle et le pilote.

— On va penser que tu as voulu t'en débarrasser, dit-elle, lorsqu'ils se retrouvent enfin seuls.

— C'est un accident, se contente de répondre Simon. Maintenant il va falloir vivre avec ça…

— On essaiera, souffle Rosa en se collant contre son amant.

Dans la matinée, on entend hurler le moteur du zodiac des pompiers qui patrouillent sur les bords de la Loire. Du haut de son poste de pilotage, Simon les observe. Ils descendent maintenant en direction de Cordemais.

Vers midi, la nouvelle circule dans le bistrot du Paradis :

— Ils l'ont retrouvé ! Annonce l'amiral. Il était coincé dans les roseaux. Vous ne devinerez jamais où. J'vous l'donne en mille.

— On n'est pas là pour les devinettes, grogne Biscotte.

— Juste à l'entrée du Dareau, les gars, comme s'il voulait retourner au boulot…

— Et maintenant, qu'est-ce qu'ils vont en faire ? demande La Chignole.

— Il paraît que la scientifique va l'étudier pour voir s'il n'a pas subi des violences. Après, on s'occupera de ses obsèques… Comme il n'a pas de famille, ça sera notre boulot, décide l'amiral.

— Moi je dis qu'il faudrait disperser ses cendres dans l'étier du Dareau, propose Beauté. C'est là qu'il passera sa retraite.

Une semaine plus tard, l'affaire est réglée. La scientifique a donné son feu vert, et la fine équipe se retrouve en grande pompe, et au grand complet devant le chantier, pour éparpiller Pedro Sanchez près de son lieu de travail. Tous les compagnons du chantier sont présents pour cette ultime « mise à l'eau ». Simon s'est rapproché de Rosa et la soutient aussi discrètement que possible. C'est Fesse-de-bois qui aura le dernier mot :

— Moi, je dis que c'est une histoire à la con…

Après quelques semaines d'un deuil sommaire, les amis ont retrouvé leurs habitudes au café du Paradis. Simon s'est de plus en plus rapproché de Rosa, et il ne fait maintenant aucun doute que ces deux-là mènent le parfait amour.

On les voit désormais continuellement ensemble. Les sorties sur l'An Alarc'h sont fréquentes et c'est l'occasion pour Rosa de découvrir les beautés de la Loire, aussi bien vers l'aval en direction de Saint-Nazaire, que vers l'amont où Simon pousse les explorations jusqu'à Champtoceaux.

Pour tous les amis du Paradis, cette relation amoureuse est remarquable, voire émouvante.

Seul Fesse-de Bois émet encore quelques réserves. En l'absence de Simon, il déclare un soir :

— Moi, je dis qu'on ne peut pas bâtir son bonheur sur le malheur d'un autre…

— Ah ! C'est son quart d'heure de philosophie, s'amuse l'amiral.

À court d'arguments, le philosophe lève une fesse et lance une déflagration qui se répercute dans les soupentes de la salle :

— C'est tout ce que j'ai à répondre, ajoute Fesse-de-Bois…

— Ça, c'est pas mal éternué pour un p'tit bébé qui n'a qu'une narine, conclut Biscotte…

À Gainneville, les portes du centre pénitentiaire de la Seine-Maritime viennent de s'ouvrir. Deux hommes font leurs premiers pas sur le chemin d'une liberté nouvelle.

La petite porte bleue s'est refermée derrière Ibrahima et Baboukar, qui avancent maintenant sur l'esplanade déserte.

Où aller, lorsqu'on est Guinéen et que l'on vient de passer trois années dans la prison d'un pays inconnu ? Baboukar a une idée :

— On pourrait aller remercier notre capitaine.

— Bonne idée, répond Ibrahima. L'avocat a dit qu'il est maintenant pilote de bac sur la Loire. Tu te souviens ?

— Oui, et je peux dire que la ville, c'est Le Pellerin.

Avec les quelques billets que l'État a bien voulu leur laisser pour subsister, ils se dirigent donc vers la gare. Direction Nantes ! Après, ils verront bien…

Il est 23 heures.

Simon vient d'amarrer le « Saint-Hermeland » à son ponton de nuit. Il se dirige vers l'An Alarc'h qui l'attend, comme chaque soir. Dans moins de cinq minutes, il retrouvera Rosa, son sourire, sa chaleur…

Un peu plus haut, en amont, on devine les feux d'un cargo qui, poussé par le courant de la marée descendante, descend à vive allure vers Saint-Nazaire.

— J'ai un peu de temps devant moi, se dit le pilote. On ne risque pas de faire route de collision.

Au moment où, après avoir largué l'amarre, il s'installe dans sa cabine, il perçoit des vibrations venant du pont.

— Merde ! je ne suis pas tout seul, pense-t-il, en démarrant le moteur.

En effet, deux ombres se dirigent vers lui. Son sang se glace, car il vient de reconnaître Ibrahima et Baboukar.

— Qu'est-ce que vous foutez là ? hurle-t-il.

Baboukar affiche un sourire inquiétant.

— On est venus te faire payer nos vacances dans la prison du Havre, patron.

Simon se crispe sur la barre, car il vient de voir briller la lame d'un couteau.

— Faites pas les cons ! On peut encore s'expliquer, non ?

Mais l'heure n'est plus à la discussion. Les deux complices pénètrent dans la cabine, ceinturent le pilote qui n'est plus maître de ses manœuvres. Le « Cygne » roule d'un bord sur l'autre, en faisant maintenant route vers l'amont, vers le cargo où l'on ignore tout du drame qui se prépare.

Le choc est terrible. Le civellier heurte la boule antiroulis du monstre d'acier, il se cabre et vient se briser contre l'étrave.

Coupé en deux, le « Cygne » plonge dans les eaux noires, emportant avec lui le triste équipage…

Ouest-France, mardi 12 mars

Drame en Loire

Le Pellerin

La police fluviale a découvert ce matin les restes de l'An Alarc'h, le navire particulier de Simon Loussouarn, pilote du Saint-Hermeland, bac amphidrome, destiné à la navette entre Le Pellerin et Couëron.

Les cadavres des trois passagers ont été retrouvés dans les roseaux de la berge, au lieu-dit le Paradis.

Les enquêteurs mettent tout en œuvre pour déterminer les causes de ce tragique naufrage et surtout comprendre pourquoi deux réfugiés guinéens se trouvaient à bord...

Postface

Jusqu'en 1975, date à laquelle fut inauguré le pont de Saint-Nazaire, on ne pouvait franchir la basse Loire qu'en empruntant les ponts de Nantes.

Auparavant les ouvriers des chantiers navals nazairiens devaient utiliser les services d'un bateau, à Mindin, pour aller du sud au nord et vice-versa. Ce bateau était connu sous le nom de « bac de Mindin ».

Une cinquantaine de kilomètres, plus en amont, sur la commune d'Indre, un bac amphi drome permettait aux ouvriers de l'Arsenal ou des Forges de se déplacer entre Basse-Indre et Indret.

À une quinzaine de kilomètres, en aval de Nantes, au lieu-dit « le Paradis », une deuxième liaison nord-sud effectuait une navette vers la commune du Pellerin. Aujourd'hui ces deux derniers bacs sont encore en service, financés par le conseil départemental.

Les pilotes de ces « navires » possèdent la qualification de « capitaines au long cours » malgré la brièveté des traversées.

Pourquoi ont-ils choisi de naviguer sur la Loire, plutôt que de sillonner les mers ?

Simon Loussouarn en a fourni une réponse, mais il y en a sûrement d'autres…

Si les lieux sont réels, en revanche, les personnages de cette histoire sont nés dans l'imagination de l'auteur.

Imprimé en Allemagne
Achevé d'imprimer en novembre 2023
Dépôt légal : novembre 2023

Pour

Le Lys Bleu Éditions
40, rue du Louvre
75001 Paris

www.ingramcontent.com/pod-product-compliance
Lightning Source LLC
Chambersburg PA
CBHW062347010826
49168CB00024B/293

* 9 7 9 1 0 4 2 2 1 5 7 1 2 *